MAD MIA

Bibliografische Information
der Deutschen Nationalbibliothek:

Die Deutsche Nationalbibliothek verzeichnet diese Publikation
in der Deutschen Nationalbibliografie; detaillierte
bibliografische Daten sind im Internet über
http://dnb.dnb.de abrufbar.

AktivierungsCoach.de präsentiert:

MAD

MIA

1.Auflage
Vollständige Taschenbuchausgabe
Deutsche Erstveröffentlichung

Sie finden uns im Internet unter:
www.AktivierungsCoach.de

MAD MIA

4. September 2742, Nevada (ehemalige Vereinigte Staaten von Amerika), 4 Monate nach der Apokalypse.

Die Sonne brennt. Mia blinzelt und schreckt hoch. Sie fühlt sich benommen, und ihr Kopf dröhnt.

„Ich bin eingeschlafen. Verdammt!"

Sie flucht leise, fasst sich an die Stirn und fühlt unter dem leichten Schweißfilm, wie heiß ihr Kopf ist. Wüstenfieber, befürchtet sie, und versucht, sich zu orientieren. Sie ist mitten im Nirgendwo. Um sie herum erstreckt sich eine weite Wüstenlandschaft. Es ist nichts zu sehen, außer rotbrauner felsiger Boden, der am Horizont mit dem gnadenlos weißen Himmel verschmilzt. Es muss Mittag sein. Die rote Glutsonne steht direkt über Mia.

„Ich muss hier weg" ist ihr einziger Gedanke. Langsam versucht sie, sich aufzurichten. Es gelingt ihr, doch sie bemerkt, wie wackelig sie ist. Sie schließt die Augen und versucht, sich zu konzentrieren. Wenn sie jetzt wieder zu Boden fällt, bleibt sie hier liegen und wird sterben. So viel weiß sie und will das mit allerletzter Kraft verhindern.

„Nicht hier und nicht so", sagt sie leise zu sich selbst. „Du musst weiter."

Mia schaut an sich hinunter. Die Reste ihrer dunkelgrünen Bluse hängen nur noch in Fetzen über ihre schmalen Schultern. Ihre Brüste, mit denen sie einst die Männerwelt verrückt gemacht hat, werden von einem schwarzen BH gehalten, der unter den Überresten der Bluse deutlich zu erkennen ist. Die beige weite Stoffhose ist ebenso in Mitleidenschaft gezogen wie ihre staubigen hellbraunen Halbstiefel. Sie setzt einen Fuß vor den anderen, und das Dröhnen in ihrem Kopf wird schlimmer. Vor ihren Augen bildet sich Schleier. Sie will noch einen Schritt machen, doch sie sackt zusammen. Mia fällt zu Boden. Sie will sich noch einmal mit den Armen aufrichten, doch sie spürt diese nicht mehr. Erschöpft gibt sie auf. Ihr Geist ist noch wach, doch sie hat keine Kontrolle mehr über ihren Körper. Sie spürt ihn nicht mehr. Schließlich glaubt sie, ohnmächtig zu werden. Und dann sieht sie wieder diese Bilder, die sie immer sieht, wenn sie schläft und die sie verfolgen, seit sie weggelaufen ist.

Mia gleitet ab in einen fieberhaften Traum. Sie registriert diesen als solchen, schafft es aber nicht, sich daraus zu befreien. Die Bilder zeigen Ausschnitte ihrer Vergangenheit. Sie empfängt einen Kunden. Ihre blonden, schulterlangen Haare sind locker aufgelockt. Ihre Füße stecken in schwarzen Lackstiefeln, die bis zu den Knien reichen. Der Kunde ist dickbäuchig, und von seinem feisten Gesicht rinnt der Schweiß. Mias Oberkörper ist frei, und die speckigen Hände des Mannes packen ihre Brüste und kneten sie unsanft. Sein Gesicht nähert sich dem ihren, und sie nimmt seinen leicht nach Alkohol stinkenden Atem war. Als er sich ihrem Mund nährt, wendet sie sich ab. Er lässt seine raue Zunge über ihre Wange gleiten. Sie hat das Gefühl, als würde diese sie aufreißen.

Mia legt sich mit dem Rücken auf das Bett und schaut teilnahmslos an die Decke. Er macht sich an ihrem Rock zu schaffen, den er umkrempelt und über ihren Bauch schiebt. Mia verspürt Übelkeit. Sie kann sich nicht an das Geschäft gewöhnen. Aber es muss sein, sie ist darauf angewiesen. Als der Mann sie an ihren freigelegten Oberschenkeln betatscht und kurz davor ist, ihr Heiligtum zu erreichen, spürt Mia plötzlich ein weiteres Paar Hände, das, von hinten kommend, sich sofort an ihren Brüsten festkrallt. Sie erschrickt und will den Mann über sich wegstoßen. Doch sie wird festgehalten. Plötzlich sind überall Hände. Ihr Kopf wird an den Haaren heruntergezogen. Sie spürt, wie ihre Beine und Arme festgehalten werden. Unzählige Hände streichen jetzt über ihren Körper. Und sie hört

Lachen. Dreckiges, verachtendes und lautes Lachen. Sie schreit um Hilfe, und sie schreit immer lauter und lauter …

Schließlich ist der Alptraum vorbei. Mia wird wach, und das Erste, was ihre Augen erblicken, ist das Gesicht einer Frau, die sie aufmerksam zu beobachten scheint. Erst fühlt sich Mia noch etwas benommen, doch sie kommt schnell wieder zu sich. Sie will sich aufrichten, doch die Frau drückt sie sanft, aber bestimmend zurück. Mia bemerkt, dass sie nicht mehr in der Wüste ist. Sie liegt auf einer ledernen Couch. Eine schwere Wolldecke bedeckt sie.

Die Frau streicht ihr mit dem Handrücken über das Gesicht und legt die Hand schließlich auf Mias Stirn. Sie fühlt eine Weile und nickt dann mit zufriedenem Gesicht.

Mia will etwas sagen, doch die Frau legt den Zeigefinger auf ihren Mund.

„Du musst dich ausruhen", sagt sie zu ihr.

Dann wendet sie sich ab und ruft: „Hey, Mädels!"

Mia sieht, wie sich um die Couch nach und nach drei weitere Frauen versammeln.

„Ist sie wieder wach?", fragt eine von ihnen.

„Von den Toten auferstanden", bestätigt die Frau, die direkt bei ihr sitzt.

Mia lässt sich nicht mehr zurückhalten und richtet sich auf. Sie merkt, dass es ihr deutlich besser geht als zuletzt. Die Frau lässt sie gewähren.

„Wo bin ich und was ist passiert?", will Mia wissen.

„Wir haben dich in der Wüste aufgegabelt", sagt eine ihrer vermeintlichen Retterinnen.

„Ja, du hast halluziniert, und dann bist du ohnmächtig geworden", sagt eine der anderen.

Mia versucht sich zu erinnern. An die Wüste erinnert sie sich. Dort dachte sie, sterben zu müssen.

Die Frauen scheinen alle sehr jung zu sein. Mia schätzt sie spontan auf Anfang zwanzig. Sie wirken allesamt recht sportlich … und außerordentlich hübsch. Einheitlich tragen alle die braunen Militärklamotten der späten 2600er Jahre. Die Frau, die bei ihr auf der Couch sitzt, hat feuerrote Haare, die sie zu einem Pferdeschwanz gebunden trägt. Leichte Sommerspros-sen sind auf ihrem hellen und etwas herben Gesicht zu erkennen.

„Wir haben gedacht, wir verlieren dich", sagt sie jetzt und wendet sich abermals an die anderen.

„Nicht wahr, Mädels? Unsere kleine Wüstenprinzessin hier hat ganz schön Glück gehabt, dass wir sie gefunden haben."

Die anderen Frauen nicken und lachen. Die Rothaarige scheint irgendwie das Kommando zu haben. Obwohl die Frauen sie offenbar gerettet haben, misstraut Mia ihnen. Sie hat schon zu viel erlebt in dieser Zeit. Trotzdem ist sie neugierig darauf, mit wem sie es zu tun hat. Sie versucht, einiges in Erfahrung zu bringen.

„Wer seid ihr denn nun? Wo habt ihr mich hinge-bracht? Und zu welcher Vereinigung gehört ihr?"

Die Frau mit den roten Haaren steht auf und positioniert sich, so als ob sie eine längere Ansprache halten wolle.

„Also Schätzchen", fängt sie an, holt tief Luft und berichtet dann weiter.

„Zunächst einmal gehören wir zu keiner Vereinigung. Wir sind autonom. Mein Name ist Ruby. Das Blondchen dort ist Cat. Die Schwarzhaarige heißt Danielle, und die Brünette nennen wir Moon. Willst du dich uns nicht auch vorstellen, Süße?"

Mia nennt ihren Namen.

„Ach, wie niedlich", sagt Ruby etwas spöttisch.

„Und was machst du alleine in der Wüste? Es ist nicht gerade ungefährlich dort!"

Mia spricht nun etwas langsamer. Sie weiß nicht, wie viel sie den Frauen anvertrauen kann. Dennoch berichtet sie weiter.

„Ich wollte runter nach New Michigan, um meinen Vater zu suchen. Ich war gut ausgerüstet und hätte es auch geschafft. Aber ich bin überfallen worden. Sie haben mir meinen Mobile-Operator weggenommen und meine letzten Neuronkristalle. Ich konnte so kein Wasser mehr herstellen und kam nicht mehr weiter. Ich verstehe das nicht. Ich war doch in der neutralen Zone …"

Ruby lacht laut auf.

„Mein Gott, was bist du naiv! Die neutrale Zone existiert nicht mehr. Der gesamte Landstrich ist übersät von Vagabunden und Desperados. Es gibt keine Regierung mehr, keine Kampf- und keine neutralen Zonen. Es gibt nur noch Chaos und Zerstörung. Die Menschen sind zermürbt von den langen Kriegen, und seit der Apo versucht jeder nur noch, zu überleben. Mit allen Mitteln, ohne Rücksicht auf Verluste."

Ruby wendet sich an die anderen.

„Aschenputtel hier versucht, nach New Michigan zu kommen."

Jetzt sieht sie Mia mit funkelnden Augen böse an.

„New Michigan existiert nicht mehr. Der Feuersturm hat es vernichtet!"

„Ist das wahr?"

Mia sackt in sich zusammen. Sie denkt an ihren Vater, der ihre letzte Hoffnung gewesen war. Sie schluchzt, und langsam kommt die Verzweiflung in ihr hoch.

Ruby setzt sich wieder zu ihr auf die Couch und klopft aufmunternd auf die Wolldecke, unter der Mia liegt.

„Wir haben hier einen intakten Wasseranschluss. Fließendes Wasser! Und du, Baby, gehst jetzt erstmal duschen. Danach geht es dir besser, und dann reden wir weiter. Im Übrigen stinkst du wie ein nasser Hund!"

Das Wasser ist warm. Mia genießt die Dusche. Sie fühlt sich wieder lebendig, und das Wasser spült nicht nur den Schmutz von ihrer Haut. Ihr Geist klart auf, und ihr Wille, ihren Weg fortzusetzen, kehrt zurück.

Wer sagt denn, dass diese Ruby recht hat? Selbst wenn New Michigan nicht mehr existiert, heißt das nicht, dass ihr Vater in der Feuersbrunst umgekommen ist.

Sie wird sich selbst davon überzeugen, dass dem nicht so ist. Sie nimmt sich vor, die Frauen nach ein paar Ausrüstungsgegenständen zu fragen und dann allein weiterzuziehen. Zu oft ist sie schon auf andere Menschen hereingefallen, als dass sie sich vorstellen könnte, bei den Frauen zu bleiben.

Irgendetwas Brauchbares an Waffen, Neuronkristallen und einen kleinen Generator, um Wasser herstellen zu können, werden die Frauen schon haben und entbehren können … oder müssen. Wenn sie ihr nicht freiwillig helfen werden, wird Mia sich in der Nacht nehmen, was sie braucht und findet.

Bestärkt durch diesen Entschluss, gibt sich Mia wieder ganz der Dusche hin und schafft es auch, sich zu entspannen. Sie hat von Ruby ein Stück Seife bekommen. Langsam streicht sie damit über ihren Körper. Das Wasser lässt die Seife aufschäumen. Mit einer Hand verteilt sie den Schaum und nimmt dabei einen Weg über ihre Brüste, die sie sanft massiert. Ihre Hand gleitet weiter über ihren Bauchnabel. Vorsichtig betastet sie das Piercing, das sich dort befindet. Dann geht sie weiter …

„Mia?"

Sie erschrickt und dreht sich um. Cat steht hinter ihr. Sie hat sie nicht kommen hören.

Die Dusche steht frei in diesem Gemeinschaftswasch-raum und ist nicht durch einen Vorhang oder gar eine Kabine separiert. Der Raum musste einmal zu einer Sporthalle gehört haben. Früher …

Cat ist nackt, genau wie Mia. Sie schüttelt ihr blondes Haar nach hinten und macht einen Schritt auf die verdutzte Mia zu.

„Stört es dich?", fragt Cat und kommt näher.

„Wir müssen sparsam mit den Ressourcen umgehen. Keiner weiß, wie lange wir hier noch Wasser beziehen können. Ich meine … so ursprünglich und nicht künstlich hergestellt."

Mia ist zu überrascht, um zu reagieren. Sie lässt Cat ohne Widerworte näher kommen. Immer näher, bis sie Körper an Körper stehen.

„Geht es dir besser?", fragt Cat und streicht Mia das nasse Haar aus dem Gesicht. Dann legt sie ihre Hände auf Mias Schultern und schaut ihr tief in die Augen. Cat hat leuchtend grüne Augen.

Katzenaugen, denkt Mia.

Vorhin ist es ihr gar nicht aufgefallen, jetzt bemerkt Mia, wie schön Cat ist. Diese nimmt jetzt Mias Hand, die immer noch die Seife hält, und legt sie sich auf ihren Busen.

„Magst du mich einseifen?", fragt Cat.

Es ist mehr eine Aufforderung, der Mia erst zögernd, aber dann umso bereitwilliger nachkommt. Sie verteilt den Seifenschaum auf Cats Brüsten. Es sind im Gegensatz zu ihren eigenen eher kleinere, die eine seltsame Anziehung auf Mia ausüben. Als sie den Schaum etwas kräftiger einmassiert, spürt sie die harten Brustwarzen gegen ihre Hände drücken. Mia spürt, dass sie eine Gänsehaut bekommt, trotz des warmen Wassers. Cat dreht sich um.

„Den Rücken!", befiehlt sie, flüstert dabei aber mehr.

Mia fängt an, auch Cats Rücken einzuschäumen, doch schnell wandert sie mit ihren Händen wieder um den Körper zu diesen wahnsinnigen Brüsten zurück. Als sie sie wieder in den Händen hält, spürt sie, wie ihre Vagina kurz aufzuckt und sich die Erregung in ihrem ganzen Körper ausbreitet. Cat haut ihr leicht auf die Finger.

„Den Rücken, habe ich gesagt."

Sie nimmt Mias Hände, verstärkt erst den Druck, den sie damit auf ihre Brüste ausübt, doch dann führt sie die Hände weg von ihrem Körper. Sie macht einen

Schritt weg von Mia und dreht sich dann wieder zu ihr um. Die Frauen stehen sich weniger als einen halben Meter entfernt gegenüber. Cat lächelt Mia auffordernd an.

„Du bist dran", sagt sie.

„Mach einen Schritt auf mich zu!"

Mia kann sich nicht mehr halten. Sie macht diesen Schritt, zieht Cat fest an sich heran und drückt ihr ihre Lippen auf den Mund. Cat reagiert und erwidert den Kuss. Ihre Zungen berühren sich, und dann umspielen sie einander. Mia drückt ihren Körper immer fester an ihr Gegenüber. Da sie gleich groß sind, spürt sie jetzt die Brüste, die es ihr so angetan haben, direkt auf den ihrigen. Sofort durchfährt sie ein weiterer elektrischer Schlag, und sie spürt, dass sie gleich so weit ist. Mit Genugtuung merkt sie, dass Cat sie verstanden hat und ihre Hand jetzt zwischen ihre Beine führt. Ein weiterer angenehmer Blitz durchfährt Mias Körper. Kurz denkt sie, es sei jetzt vorbei. Doch sie kann die Spannung noch halten, bis sich schließlich beide mit ihren Becken und dann ihren Zentren so nahe kommen, dass es nicht mehr lange dauert und sie es nicht mehr halten kann …

Wenig später sitzen Cat und Mia auf einer Holzbank, die im Duschraum steht und auf der frische Klamotten für Mia bereitliegen. Beide haben sich in große

Handtücher gehüllt. Mia ist immer noch überwältigt von dem Erlebten. Nach einer Weile durchbricht Cat das Schweigen.

„Erzähl bloß Ruby nichts von dem, was wir gemacht haben, klar? Sie weiß, dass ich mitduschen wollte. Mehr soll sie nicht wissen, okay?"

Mia schüttelt den Kopf und rückt dichter an Cat heran. Sie nimmt sie zärtlich in den Arm.

„Warum sollte ich ihr was erzählen? Ich kenne die Frau doch gar nicht."

Cat scheint sich wohlzufühlen in Mias Armen. Sie rekelt sich ein wenig in ihnen und redet dann weiter.

„Ruby ist manchmal komisch. Sie ist so besitzergreifend. Sie glaubt, jeder muss ihr immer und überall zur Verfügung stehen."

Mia gefällt gar nicht, was sie glaubt aus Cats Aussage herauszuhören.

„Heißt das, du hast auch mit ihr …?"

Cat unterbricht sie.

„Ja, meine Güte. Wer hat das nicht? Aber da war kein Gefühl dabei. Mit dir war es was ganz anderes. Findest du nicht auch?"

„Es war überwältigend", bestätigt Mia.

Kurz überlegt sie, dann hat sie einen Vorschlag für die Katze in ihren Armen.

„Komm doch einfach mit mir mit. Ich wollte mich eigentlich alleine durchschlagen, aber mit dir wäre es was anderes."

„Du willst wieder weg?"

Cat löst sich aus Mias Armen und schaut sie etwas verärgert an.

„Du kannst doch nicht wieder abhauen. Wir haben dich gerettet. Und überhaupt, wo willst du denn alleine hin?"

„Ich will weiter nach New Michigan. Aber nicht alleine. Mit dir."

„Ich kann hier nicht weg", erklärt Cat, „die Mädels sind meine Familie."

„Du und dein New Michigan. Ruby hat dir doch erklärt, dass da nichts mehr ist."

„Das will ich mit eigenen Augen sehen. Wenn da nichts mehr ist, ziehe ich weiter. Du kannst es dir ja noch überlegen, ob du mitwillst."

Cat rückt wieder näher an Mia heran und ergreift ihre Hand.

„Bitte bleib bei uns. Ich kann hier nicht weg. Jedenfalls nicht jetzt. Außerdem ist es sicherer, wenn wir mit den anderen unterwegs sind. Es ist so gefährlich da draußen. Überleg doch mal: Du bist da draußen fast gestorben."

Mia nimmt Cat wieder in den Arm.

„Ich hab dich so verstanden, dass diese Ruby Sachen von dir verlangt, die du gar nicht willst …"

Nach kurzem Überlegen antwortet Cat: „So habe ich das nicht gemeint."

„Und was glaubst du eigentlich, hat sie mit dir gemacht, als du ohnmächtig warst …?"

Die beiden Frauen schrecken auf, als es an der Tür zum Duschraum klopft. Cat rutscht intuitiv ein Stück beiseite. Die Tür geht auf, und eine schwarzhaarige Schönheit in Militäruniform kommt ungestüm herein. Es ist Danielle, die kurz irritiert schaut, als sie Mia und Cat auf der Bank sitzen sieht.

„Seit ihr hier drinnen eingeschlafen?", fragt sie und setzt ein entrüstetes Gesicht auf. Dann lacht sie.

„Ihr seht aus wie zwei begossene Pudel. Los, zieht euch an. Es gibt Arbeit. Ruby hat Beute ausgemacht."

Dann geht sie wieder genauso forsch zur Tür hinaus, wie sie hereingekommen war.

Cat zuckt mit den Schultern und packt Mia die bereitliegenden Klamotten auf die Oberschenkel.

„Leider ist unsere Plauderstunde vorbei", sagt sie und will aufstehen.

Da schaut Danielle nochmal durch die offen stehende Tür herein und grinst breit.

„Mädels", sagt sie feixend, „ich sehe euch an den Nasenspitzen an, dass ihr gepoppt habt."

Danielle verschwindet lachend, und Mia spürt, wie sie errötet.

In dem gleichen Armeeanzug, den die anderen Frauen auch tragen, verlässt Mia den Duschraum. Sie findet Ruby, Moon und Danielle in hektischer Aufregung in dem Raum wieder, in dem sie erst vor kurzem aufgewacht war. Cat ist noch nicht wieder dabei.

„Sorry Babe", sagt Ruby, als sie Mia erblickt, „wir hätten dich gerne noch ein bisschen hier erholen lassen."

Sie ist dabei, einen Rucksack zu packen und steckt gerade eine Strahlenkanone an ihrem Gürtel fest.

„Es gibt Arbeit, und du wirst uns begleiten. Alleine können wir dich nicht hierlassen – aus Sicherheitsgründen. Und kennen tun wir dich ja auch noch nicht wirklich. Unser Vertrauen muss man sich erst verdienen."

Mia sieht, wie die anderen Frauen sich auch bewaffnen. Schließlich kommt auch Cat dazu.

„Was soll das für Arbeit sein?", will Mia wissen.

„Jagen", antwortet Ruby. „Wir jagen Männer."

Sie deutet auf Moon.

„Unser Spürhund hier hat eine Gruppe Männer ausgemacht. Ungefähr zwanzig Meilen von hier entfernt. Wir wollen mal sehen, was wir von denen erbeuten können. Neuronkristalle haben die sicher dabei. Weißt ja, wie das ist, seit es keine zentralen Energiequellen mehr gibt. Ist ja jeder scharf darauf, auf die kleinen Wunderdinge. Irgendwie müssen ja auch wir unsere Energie beziehen."

Danielle reicht Mia eine Strahlenkanone.

„Für dich, Süße. Damit macht es richtig Spaß, Kerle umzunieten. Vielleicht hast du ja Glück und erwischst einen von diesen Widerlingen."

Mia greift rasch nach der Waffe, bevor sich die Frauen es noch anders überlegen. Gebrauchen kann sie alles. Doch sich den Frauen anschließen und auf Männerjagd gehen?

„Also, eigentlich wollte ich ja wieder los …", fängt sie zögerlich an.

„Auf keinen Fall", sagt Moon und schaut zu Ruby, um sich Bestätigung zu holen.

„Stimmt doch, oder? Sie bleibt bei uns?"

„Sie bleibt bei uns", bestimmt Ruby und geht auf Mia zu.

„Hör mal, Schätzchen. Ich will mich nicht mit dir streiten, und es ist mir auch lieber, wenn du freiwillig bei uns bleibst. Wir werden dich aber auf keinen Fall wieder alleine losschicken. Denk daran, dass du uns dein Leben verdankst. Dein Leben gehört quasi jetzt mir. Außerdem sind wir doch Schwestern. Wir sind alle Schwestern hier. Wir können nur überleben, wenn wir alle zusammenhalten. Du gehörst jetzt zu uns. Verstanden, Babe?"

Mia will sich nicht mit Ruby streiten. Allein wegen Cat wäre sie wahrscheinlich so oder so noch geblieben, zumindest vorerst.

„Und wie gehen wir vor?", fragt Mia.

„Erschießen wir die Männer, wenn wir sie haben?"

Ruby antwortet: „Wenn sie uns ihr Hab und Gut freiwillig überlassen, sind wir vielleicht gnädig und lassen sie ziehen. Ansonsten ja, befreien wir die Erde von den Mistböcken."

Sie schaut Mia tief in die Augen. In Rubys Augen erkennt Mia wahren Hass.

„Sag mir nicht, dass es ein Problem für dich wäre, wenn es dazu kommt. Wie ist denn deine Erfahrung mit Männern? Ich wette, du bist im Grunde deines Herzens genau wie wir alle der Meinung, dass Männer der Abschaum auf diesem Planeten sind."

Mia bekommt ein etwas schlechtes Gewissen, als sie merkt, dass sie Ruby tatsächlich zustimmt. Bis auf ihrem Vater hat sie in ihrem Leben in der Tat ausnahmslos schlechte Erfahrungen mit Männern gemacht. Nicht nur in dem Teil ihres Lebens, wo sie sich als Hure an sie verkauft hat …

„Habt ihr jetzt genug diskutiert?", bringt sich Cat nun ins Gespräch ein.

„Können wir endlich los?"

„Es geht jetzt los!", bestimmt Ruby und geht zur Tür.

Die anderen folgen ihr, ohne noch etwas zu sagen. Mia zögert kurz. Aber dann treffen sich kurz ihre und Cats Blicke, und Mia merkt, wie ihr warm ums Herz wird. Sie will bei Cat bleiben und folgt der Gruppe.

Wenig später findet sich Mia auf der Ladefläche eines aufgemotzten Kampf-Pick-ups der gefallenen Saturn-Armee wieder. In der Mitte der unbedachten Fläche befindet sich eine zusätzlich eingebaute feste Bank aus Stahl, auf der Danielle, Cat und Mia Platz genommen haben. Ruby und Moon sitzen im Führerhaus und geben Vollgas. Der Pick-up brettert durch die Wüste und hinterlässt eine Wolke aus Staub und Sand.

Danielle sitzt links neben Mia und hält ein blankes Messer in der Hand, das sie mit einem Ledertuch poliert, obwohl es nicht so aussieht, als ob die Waffe das nötig hätte. Cat sitzt rechts neben Mia und rückt während der Fahrt immer dichter an ihre Sitznachbarin heran, was diese zufrieden zur Kenntnis nimmt. Frech drückt sie ihren Hintern seitlich an Mia. Diese schielt hinüber zu Danielle. Sie scheint vertieft in der Beschäftigung mit der Waffe zu sein, und so lässt Mia langsam ihre rechte Hand wandern und legt sie auf Cats Oberschenkel. Der Gedanke, dass sie nur eine knappe Fingerlänge von Cats Vagina entfernt ist, erregt Mia, auch wenn sich die schützende und ziemlich robuste Militär-Hose und wahrscheinlich auch ein Slip dazwischen befindet. Mia schielt noch einmal zu Danielle, und jetzt geht sie mit der Hand weiter vom Oberschenkel zwischen Cats Beine, die leicht auseinanderrutschen und den Weg frei machen. Trotz der Textilien glaubt Mia die Hitze zu spüren, die Cats Intimbereich dort ausstrahlt. Und kann es sein, dass diese gerade so feucht wird, dass Mia es durch die Hose erfühlen kann?

„Mädels, ich kann euch sehen!"

Danielle unterbricht die intime Begegnung der beiden Frauen.

„Reißt euch mal ein bisschen zusammen! Wir sind nicht zum Spaß hier."

Wirklich verärgert scheint Danielle jedoch nicht zu sein. Im Gegenteil. Sie lacht bei diesen Worten mehr als sie schimpft. Trotzdem rückt Cat wieder ein Stück von Mia weg. Danielle hat ja recht. Immerhin kann es gut sein, dass gleich eine Kampfszene auf die Truppe zukommen wird.

Der Wagen stoppt abrupt, sodass die Frauen auf der Ladefläche nach vorne gerissen werden und sich die Gurte scharf in die Körper brennen. Ruby und Moon springen auf die Ladefläche.

„Es geht los, Mädels", sagt Ruby und hält dabei ein Strahlengewehr in der Hand.

Danielle und Cat machen ihre Gurte los und positionieren sich mit ihren Waffen neben den anderen. Mia zögert noch. Ihr ist von der Vollbremsung schwindelig, und ihre Magengegend, wo der Gurt sitzt, tut höllisch weh.

„Wie gehen wir vor?", fragt Danielle.

„Wie gehabt", erklärt Ruby.

Sie deutet nach Osten.

„Von da müsste laut Ortung der Wagen mit den Kerlen gleich auftauchen. Sobald sie in Waffenreichweite sind, schießen wir den Wagen fahruntüchtig. Und dann schauen wir mal, ob die Kerle sich ergeben oder meinen, sich mit uns messen zu müssen."

Ruby dreht sich zu Mia.

„Alles klar, Schätzchen? Wolltest du da sitzen bleiben?"

Mia versucht sich zu berappeln.

„An deinen Fahrstil muss ich mich noch gewöhnen", sagt sie und öffnet ihren Gurt.

Als sie sich zu den anderen stellen will, schwankt sie. Cat ist sofort bei ihr und stützt sie.

„Setz dich wieder. Du musst nicht unbedingt mitmachen."

Ruby macht einen geringschätzigen Gesichtsausdruck.

„Ja, setz dich. Sieh zu und lerne für das nächste Mal."

Schließlich ertönt tatsächlich ein noch weit entferntes Motorengeräusch Es wird immer lauter, und dann ist der andere Wagen tatsächlich zu sehen. Erst am Horizont, und dann immer näher kommend. Zu schnell näher kommend.

„Wieso sind die so schnell?", fragt Moon in die Runde.

„Da stimmt was nicht", sagt Danielle.

Der Wagen nähert sich weiter mit unfassbarer Geschwindigkeit.

„Die wissen, dass wir hier sind", sagt Ruby und legt die Stirn in Falten.

Mia steht nun doch wieder auf und schaut in die Richtung, in der die Frauen allesamt recht fassungslos schauen.

„Die greifen euch an!", schreit sie in Panik, als der Wagen schließlich fünfhundert Meter vor ihnen zum Stehen kommt.

Es ist ebenfalls ein Pick-up. Auf der Ladefläche machen die Frauen fünf Männer aus, die sofort, als der Wagen hält, das Feuer eröffnen.

„In Deckung!", ruft Cat und wirft sich bäuchlings auf die Ladefläche.

Die ersten Feuerbälle erreichen die Frauen, die sich ebenfalls auf den Boden werfen.

Moon schreit. Sie wurde an der Schulter getroffen. Ein Streifschuss aus Feuer, der ihr das Schulterpolster und mindestens die obere Hautschicht verbrannt hat. Mit schmerzverzerrtem Gesicht fällt sie zu den anderen hinunter. So, wie sie jetzt liegen, können die Feuerbälle, die über sie hinwegfegen, sie nicht erreichen.

„Was sind das für Waffen?", flucht Moon.

„Was sind das für Kerle?", wirft Cat hinterher.

Sie will über die schützende Seitenwand hinüberschauen. Mia drückt sie herunter. Sie ist jetzt wieder voll da. Auf keinen Fall will sie, dass Cat etwas passiert.

„Scheiße, Mädels", fängt Ruby jetzt an.

Die Feuerbälle sausen weiter über sie hinweg.

„Habt ihr das T im Lack auf der Fahrertür gesehen?"

Danielle pflichtet ihr bei.

„Ein Emblem mit einem T in der Mitte ist da eingraviert. Was hat das zu bedeuten?"

Ruby atmet kurz tief durch und schlägt mit der Faust gegen die Wand, vor der sie alle liegen und Schutz suchen. Mit einer Stimme, die zwischen Zorn und Furcht pendelt, erklärt sie schließlich:

„Die gehören zu der teuflischen Bande von Warlord Toska!"

Warlord Toska gilt vielen als Legende. Einige behaupten, er sei nur ein Gerücht und existiere gar nicht wirklich. Eine zeitgemäße Schauermär über einen Schlächter und Despoten, der nach dem Ende der Welt eine neue Ordnung schaffen will. Ein Königreich, das er beherrschen will und das er sich mit Gewalt erobern möchte. Es heißt, er hat eine neue Energieform ausfindig gemacht und lebt irgendwo in einem unterirdischen Reich, von wo aus er seinen Feldzug steuert.

„Das sind nur Märchen", sagt Ruby, als die Schüsse aufhören.

„Jetzt schießen wir!"

Sie nimmt ihr Strahlengewehr und feuert über die Wand. Die anderen tun es ihr gleich. Mia sieht, wie sich Männer in schwarzen Anzügen und Helmen nähern, denen die Strahlen nichts auszumachen scheinen. Es sieht aus, als würden die Anzüge der Männer die Energie der Schüsse irgendwie absorbieren. Sie nähern sich unaufhaltsam und scheinen sich ihrer Sache sehr sicher zu sein. Die Männer tragen keine Feuerwaffen bei sich und sind nur noch zwanzig Meter von den Frauen entfernt.

„Das bringt so nichts", stellt Danielle fest und legt ihre Kanone weg.

Stattdessen zückt sie wieder ihr Messer. Mia erkennt die Kampfeslust in Danielles Augen.

„Angriff?", fragt sie in die Runde.

„Angriff", sagen Cat und Moon wie aus einem Mund und holen ebenfalls Messer aus ihren Seitentaschen hervor.

Ruby ist die Anführerin der Gruppe. Jetzt warten die anderen auf ihren ausschlaggebenden Befehl, der auch nicht lange auf sich warten lässt:

„Kampflos ergeben wir uns ganz sicher nicht! Attacke!"

Damit springen die Frauen von der Ladefläche und jagen auf die Angreifer zu. Nur Mia bleibt zunächst zurück. Mit der Dynamik der eingeschworenen Gruppe ist sie überfordert. Dennoch sucht auch sie nach einem Messer und findet schließlich eines. Sie beobachtet das Kampfgeschehen, das sich auf dem Wüstenboden zwischen den beiden Fahrzeugen abspielt. Ihre Hauptaufmerksamkeit gilt dabei Cat. Als sie sieht, dass diese von einem der Männer zu Boden gestoßen wird, springt schließlich auch Mia vom Wagen und läuft in den Kampf. Sie sieht, dass der Mann über Cat dieser das Messer entreißen konnte und kurz davor ist, es der am Boden liegenden Katze in den Bauch zu rammen.

„Nein!", schreit Mia und wirft sich von der Seite auf den Mann und reißt ihn dadurch um.

Nach kurzem Gerangel schafft sie es, sich dem überraschten Mann auf den Bauch zu setzen. Jetzt hat sie das Messer in der Hand und hebt es zum vermeintlich tödlichen Stoß an. Doch ihr erhobener Arm wird von hinten festgehalten, und dann spürt sie einen dumpfen, heftigen Schlag auf ihren Kopf und wird ohnmächtig …

5. September 2742, in der Gefangenschaft des Warlord Toska

Mia wird wach und schaut sich um. Sie ist allein und liegt auf einem Bett. Ein Schlafzimmer. Keine Fenster. Eine schummerige Beleuchtung, die aus den Wänden zu kommen scheint, erhellt den Raum ein wenig. Mia erinnert sich an den Kampf und den Schlag auf den Kopf. Sie tastet ihren Hinterkopf ab, doch es ist nichts zu spüren. Keine Beule, kein Blut. Dann schaut sie an sich herunter. Sie trägt jetzt ein blaues Kleid – nur ein Kleid. Darunter hat sie gar nichts an. Keinen Slip, keinen BH – nichts. Das Kleid ist sehr kurz, und obwohl die Tür geschlossen ist, bemerkt sie einen Windhauch, der sie zwischen den Beinen streift. Mia versucht das Kleid weiter nach unten zu ziehen.

Sie richtet sich auf und bleibt auf der Bettkante sitzen. Wie lange mag sie schon hier sein? Wer hat sie so angezogen? Ihr ist ein bisschen schwindelig, und sie versucht, ihre Gedanken zu ordnen.

Das Türschloss wird betätigt, und die Tür öffnet sich mit einem knarrenden Geräusch. Ein Mann erscheint und kommt in den Raum. Er schließt die Tür sofort wieder, schaut zu Mia und sagt nur: „Licht!"

Das schummerige Licht wird sofort um einiges heller. Für Mia zu hell. Es erscheint ihr nahezu grell, und sie kneift die Augen zusammen. Als sie sie vorsichtig öffnet, steht der Mann direkt vor ihr.

„Ich bin Toska", sagt er knapp.

Seine Stimme klingt unangenehm schrill. Er ist hager und hat eine blasse Haut, die übersät von Narben ist. Er kommt mit seinem Gesicht dicht an Mia heran, worauf diese reflexartig ein Stück zurückweicht. Die Augen von Toska sind gelb. Er hat einen fettigen Film auf der Haut und sieht schlicht abstoßend aus, findet Mia. Nur seine schwarzen Haare scheinen durchaus gepflegt und sind gewellt und schulterlang. Sie passen überhaupt nicht zu der restlichen Erscheinung des Mannes.

„Warum bin ich hier?", fragt Mia.

„Weil du mir von den Weibern am Besten gefallen hast. Ich habe frisches Fleisch gebraucht, und du kamst in Frage."

Cat und die anderen! Mia ist sofort mit ihren Gedanken bei ihnen.

„Was ist mit den anderen Frauen?", will sie von Toska wissen.

„Sind die auch hier?"

„Siehst du sie hier irgendwo?"

Toska macht eine präsentierende Geste, so als wäre der Raum, in dem sie sich befinden, der einzige.

„Die sind nicht hier. Die waren mir zu hässlich. Du bist auch nicht die Schönste. Aber akzeptabel."

Obwohl Mia Angst hat und sich Sorgen um Cat macht, ist sie fast empört über die Bemerkung Toskas. Akzeptabel? Unverschämtheit! Ihre Freier damals haben sie in ihren widerwärtigen Phantasien gedemütigt, beschimpft, geschlagen und weiß Gott was noch alles getan – aber dass sie eine Schönheit ist, das hat ihr noch nie jemand abgesprochen. Akzeptabel, pah …

„Sind die anderen tot?", fragt Mia vorsichtig.

„Du redest zu viel", entgegnet Toska barsch und gibt ihr einen heftigen Stoß, sodass sie mit den Rücken zuerst zurück aufs Bett fällt.

Dann fummelt er an seinem Gürtel herum und kündigt sein Vorhaben an.

„Ich will sehen, ob du was taugst. Ob du wenigstens dazu taugst …"

Toska lässt die Hose fallen. Unter seiner Unterhose zeichnet sich eine deutliche Erektion ab. Mia robbt auf dem Rücken ein Stück weg. Bis in die Mitte des Bettes. Toska packt sie an den bloßen Füßen und zieht sie wieder näher an sich heran. Er setzt sich mit den Knien auf das Bett. Immer noch ihre Füße festhaltend, sagt er: „Ich empfehle dir, dich nicht gegen mich zu wehren."

„Du wirst in deinem Leben keinen Besseren mehr als mich kriegen."

Die Situation ist beängstigend, dennoch empfindet Mia die leichte Arroganz Toskas nicht als unangenehm. Im Gegenteil. Seine Überheblichkeit sorgt sogar dafür, dass sich kurz ein Kribbeln in ihrem Intimbereich breitmacht. Aber sie wird ihn auf keinen Fall an sich heranlassen. Nie wieder wollte, will und wird sie zulassen, dass ein Mann bestimmt, was mit ihrem Körper passiert. Ihr Kampfgeist ist geweckt.

„Keinen Besseren als dich? Was bist du für ein Vogel, der Frauen von der Straße aufsammelt und sie in sein Schlafgemach entführt? Und jetzt glaubst du, ich müsste jubeln, weil ich den besten Stecher der Endzeit vor mir habe, und dich willig ranlassen?"

Toska geht auf die Provokation nicht ein. Er lässt eines ihrer Beine fallen und widmet sich dem anderen. Er hält ihren Fuß fest und fährt mit seiner Zunge über die Sohle. Als er dann anfängt, an ihren Zehen zu nuckeln, rollt Mia mit den Augen. Sie findet das ekelig und kindisch. Das haben schon so viele Männer gemacht. Sie haut ihn mit dem anderen Fuß kräftig von der Seite an den Kopf. Toska lässt verblüfft und erschrocken ihren anderen Fuß aus Mund und Hand fallen.

Mia ist gespannt, wie er reagiert. Zudem ist sie selbst ein wenig überrascht von dem verpassten Tritt. So überrascht, dass sie nicht daran denkt, die Situation und den Überraschungsmoment auszunutzen und weitere Tritte zu verteilen.

Toska bleibt überraschend ruhig. Mia lässt es zu, als er sich über sie beugt und mit seinem Gesicht ganz dicht an sie herankommt. Als er spricht, dreht sie den Kopf ein wenig zur Seite. Sein Atem stinkt.

„Das ist deine letzte großzügige Verwarnung. Wenn du mir nicht willig bist, wird das übel für dich ausgehen."

Er hält ihre Handgelenke fest und führt sie hinter ihren Kopf.

„Was willst du tun?", fragt Mia.

„Mich vergewaltigen?"

„Das habe ich nicht nötig", entgegnet Toska und drückt ihre Handgelenke fester.

Wieder spürt Mia ein Kribbeln, das sie jetzt ein wenig irritiert. Sie will es nicht zulassen. Nicht so und nicht mit diesem Typen.

„Ich will, dass du es gerne mit mir machst. Und dass du von alleine so feucht wirst, dass ich hinterher jemanden zum Aufwischen kommen lassen muss. So, wie es meiner würdig ist, sollst du jubeln, wenn ich in dich eindringe."

Mia muss auflachen, doch sie unterdrückt es. Stattdessen versucht sie, ihn mit Worten abzuwehren.

„Du bist ja größenwahnsinnig. Im Leben lasse ich dich nicht ran. Lieber lasse ich mich von dir in eine Zelle stecken und verrotte dort."

Toska küsst sie mit spröden Lippen auf die Wange.

„Das mache ich nicht. Wenn du mir nicht dienen willst und mir die gebotene Erregung zuteil werden lässt, überlasse ich dich meinen Männern. Das sind Tiere. Glaub mir, was die mit dir machen werden, willst du nicht erleben. Ich bin sicher, dass du schon einiges erlebt hast. Als wir dich umgezogen haben, habe ich die feinen Narben an den Innenseiten deiner Schenkel gesehen. Ich kann mir vorstellen, was du früher gemacht hast. Aber nichts, was du gesehen oder erlebt hast, wird vergleichbar sein mit dem, was meine Männer nur zu gerne mit dir machen würden."

Mia bleibt widerspenstig und versucht, sich aus dem Griff Toskas zu befreien. Der lässt ihre Handgelenke schließlich los, bleibt aber auf ihr sitzen.

„Letzte Chance", sagt er und führt seine Hände zwischen ihre Beine.

„Geht doch."

Er grinst sie zufrieden an. Sie ist tatsächlich feucht geworden und schämt sich fast ein wenig dafür.

„Das hat nichts mit dir zu tun", verteidigt sie sich und versucht, ihren Widerstand erneut aufzubauen.

„Das glaube ich aber doch."

Toska drängt sich jetzt zwischen ihre Beine. Er hat seine Unterhose noch an. Mias knappes Kleid ist längst nach oben gerutscht, und Toska drückt mit seinem Unterleib gegen den ihrigen. Sie spürt durch seinen Slip sein Glied, das auffordernd gegen ihre Muschi drückt. Mia ist kurz davor, ihren Widerstand aufzugeben. Doch als er mit seiner Hand nach unten geht, um sich freizumachen, zieht Mia blitzschnell die Beine an und rammt mit ihren Knien gegen seinen Oberkörper. Toska schnellt hoch. Mia winkelt die Beine an und gibt ihm einen heftigen Tritt mit den Füßen, dass er nach hinten und aus dem Bett fällt. Schnell springt Mia auf der anderen Seite aus dem Bett. Toska steht auf, und Mia ist kampfbereit. Sie erwartet, dass Toska nun wutentbrannt auf sie zustürzen wird. Doch dieser zieht zunächst seine Hose wieder an, dann zeigt er drohend mit einem Finger auf sie.

„Glaub mir, du wirst dir noch wünschen, du hättest es geschehen lassen. Das war ein riesiger Fehler, für den du dich schon bald selbst hassen wirst."

Er geht zur Tür.

„Mehr hassen, als du es ohnehin schon tust!"

Mia merkt, dass Toska sie gut einschätzen kann und anscheinend eine gute Menschenkenntnis besitzt. Sie versucht, sich nicht beeindrucken zu lassen, und antwortet auf seine Ansage.

„Das werden wir noch sehen, du Mistkerl! Das werden wir sehen …"

Toska verschwindet und lässt Mia in dem Zimmer allein zurück. Sie rechnet damit, dass jeden Moment die Tür aufgeht und eine wilde Horde Männer hereinge-stürmt kommt, die sich auf sie stürzen und … Mia muss zugeben, dass die Worte von Toska eine Wirkung auf sie ausgeübt haben. Die Ankündigung, dass er sie seinen Männern zum Fraß vorwerfen wird, lässt sie schaudern. Vielleicht hätte sie doch kooperieren sollen. Andererseits, was sollten „diese Tiere" schon großartig von ihr verlangen können, was sie nicht schon zigmal mit früheren Freiern erlebt hätte? Sie ist sich sicher, dass sie alle Abartigkeiten und perversen Wünsche der Männer kennt.

Die Ungewissheit, was nun folgen wird, macht Mia verrückt. Sie läuft in dem Zimmer auf und ab, tastet die Wände nach versteckten Ausgängen ab und versucht auch, die Tür aufzubrechen, was ihr aber nicht gelingt.

Schließlich wird das Türschloss wieder betätigt, und Mia rennt an die gegenüberliegende Wand, drückt sich mit dem Rücken an sie und erwartet das Schlimmste. Doch es kommt mitnichten eine wilde sexhungrige Meute hinein. Im Zimmer steht nun ein schmächtiger, blonder Mann im gepflegten weißen Anzug.

„Miss Mia?"

Der Mann räuspert sich vornehm.

„Der Hausherr wünscht, dass Sie ein anderes Zimmer beziehen. Wenn Sie mir bitte folgen würden …?"

Raus aus dem Zimmer. Das klingt schon einmal gut. Mia gehorcht, und der Mann führt sie durch einen langen dunklen Gang, der nur vereinzelt kleine, dämmrige Lichtquellen an der Decke hat.

„Wer bist du?", fragt Mia beim Gehen.

„Einer von den Leuten, die für diesen Toska arbeiten, und die mich …"

Mia verstummt. Bloß das Bürschchen nicht auf dumme Gedanken bringen. Auch wenn der Typ überhaupt nicht danach aussieht, als ob er ihr gefährlich werden könnte.

Das Bürschchen hat einen kerzengraden stolzierenden Gang. Er geht weiter, antwortet ihr aber bereitwillig.

„Miss Mia, mein Name ist Jefferson. Ich gehöre mitnichten zu der Kampfgruppe von Warlord Toska, der Sie versprochen wurden und zu deren Räume ich Sie nun begleite. Ich bin lediglich die Dienerschaft."

Mia fasst Jefferson auf die Schulter, um ihn zum Stehen zu bringen. Tatsächlich stoppt dieser und wendet sich Mia zu. Diese wittert eine Chance.

„Bring mich nicht dorthin, Jefferson. Die wollen mich vergewaltigen und beschmutzen. Das kannst du doch nicht zulassen. Zeig mir, wie ich hier aus dem Laden wieder rauskomme."

Mia macht das traurigste Gesicht, das sie auf die schnelle hervorholen kann. Doch Jefferson scheint unbeeindruckt.

„Mir ist nicht bekannt, wie man aus diesen Laden, wie Sie es bezeichnen, herauskommt und ob das überhaupt möglich ist. Im übrigen bin ich loyal und rate Ihnen, mir nun weiter zu folgen."

Jefferson geht weiter, doch Mia redet weiter auf ihn ein.

„Wie kannst du das denn mit deinem Gewissen vereinbaren? Ich bin eine unschuldige junge Frau, und du bringst mich zu diesen Männern, die wer weiß was mit mir anstellen werden."

„Ich habe kein Gewissen, Miss Mia. Ich bin ein Android."

Jefferson und Mia kommen zu einer Stahltür, vor der sie stehen bleiben.

„Hinter dieser Tür befinden sich die Räume der Kampfgruppe. Mir bleibt nicht mehr viel, als Ihnen noch einen angenehmen Aufenthalt zu wünschen."

Mit diesen Worten klopft Jefferson an die Tür. Mia sieht keine Möglichkeit, zu flüchten. Der Android hält sie jetzt fest an ihrem Arm.

„Du siehst aus wie ein Mann, Jefferson."

Mia startet einen letzten Versuch.

„Meinst du nicht, dass du als Android auch ein bisschen Spaß haben darfst?"

Sie versucht, aufreizend mit den Brüsten zu wippen. Doch es ist zu spät. Die Tür geht auf, und Mia wird von einem kräftigen Arm durch sie hindurchgezogen ...

Eine Woche später

Mia trägt nun jeden Tag schwarze Lederstiefel, einen ebenfalls schwarzen Minirock und ein enges Korsett. Die Männer wollen das so von ihr. Als so schlimm, wie Toska sie beschrieben hat, haben sich die Kämpfer nicht herausgestellt. Aber eklig und frauenverachtend sind sie allemal und allesamt. Mia ist es noch nicht gelungen, zu zählen, wie viele es eigentlich sind. Bis jetzt musste sie jeden Abend einem anderen zur Verfügung stehen. Sie ist mehr oder weniger wieder voll drin, in ihrer alten Arbeit als Hure. Nur dass sie jetzt nicht dafür bezahlt wird. Sie bekommt nichts zurück außer Verachtung. Obwohl sie es immer wieder versucht, mit einem der Männer anzubandeln, um irgendwie einen Ausweg aus dieser Hölle zu finden, gelingt es ihr nicht.

Tagsüber sind die Männer meist weg. Sie sucht dann allein nach einer Fluchtmöglichkeit, doch nach einer Weile gibt sie die Hoffnung auf. Scheinbar gleichgültig erträgt sie es, wenn einige der Männer abends um sie pokern. Es sind immer andere, die das tun. Wahrscheinlich besprechen sie tagsüber, wenn sie unterwegs sind, wer abends an dem Spiel teilnehmen darf und die Chance auf einen Fick mit der Haus-und Hof-Nutte bekommt. Der Sieger des Pokerspiels nimmt sie dann meist mit auf sein Zimmer und rutscht kurz über sie drüber. Manche Typen werden dabei etwas grober, aber auch das erträgt Mia. Das Schlimme für sie ist, dass sie wie ein billiges Stück Vieh behandelt wird. Und jeden Tag wächst ihre Verzweiflung und ihre Wut.

Es ist abends. Mia sitzt etwas abseits des Tisches, an dem gepokert wird.

„Gewonnen!", schreit einer, und Mia läuft es kalt den Rücken herunter.

Gleich ist es wieder so weit, denkt sie.

Arnold, ein kräftiger und muskulöser Mann, steht vom Tisch auf und packt Mia am Arm.

„Heute ist dein Glückstag, Baby!"

Mia sagt nichts. Das hat sie sich abgewöhnt. Sie folgt Arnold auf sein Zimmer. Dort angekommen, schaltet sie auf Autopilot und steuert auf das Bett zu, das in der Mitte des Raumes steht. Genau wie in jedem der vielen anderen Räume der letzten Woche. Sie wirft sich auf das Bett, legt sich auf den Rücken und winkelt die Beine an, in der Erwartung, Arnold würde den Rest übernehmen. Sie schließt die Augen. Als nichts passiert, öffnet sie sie wieder und schaut zu dem Mann, der im Türrahmen stehen geblieben ist.

„Was ist los?", fragt sie ungeduldig.

Sie will das Ganze schnell hinter sich bringen.

„Sonderwünsche?"

„Ich will es … ein bisschen anders", sagt Arnold und geht zu einer Kommode.

Er öffnet eine Schublade und holt eine Reitgerte hervor. Der gerade draußen noch so bedrohlich wirkende Mann wirkt für einen Moment etwas verschüchtert, als er Mia die Gerte präsentiert. Sie nutzt den Moment und wird wieder wach.

„Damit schlägst du mich nicht!", sagt sie mit fester Stimme.

„Eure Spielchen hier mit mir müssen ihre Grenzen haben."

Arnold entgegnet: „Ich will, dass du mich damit schlägst."

Kurz ist sie verdutzt, doch schnell erkennt Mia die Rolle, die von ihr verlangt wird. Sie hat sie früher oft genug gespielt. Arnold reicht ihr die Gerte, und Mia steht wieder vom Bett auf.

„Warst du ein ungezogener Junge?", fragt sie und nimmt ihm die Gerte aus der Hand.

„Ja", gibt Arnold kleinlaut zu.

Mia deutet mit der Gerte auf das Bett.

„Dann zieh dir mal brav die Hose runter und leg dich auf die Bettkante. Du hast eine Strafe verdient."

Arnold gehorcht bereitwillig. Als er daliegt wie befohlen, streckt er ihr erwartungsvoll den nackten Hintern entgegen. Mia geht zu ihm und tätschelt mit der Handfläche auf seine Pobacken. Dann lässt sie die Gerte geräuschvoll durch die Luft sausen.

„Was glaubst du, hast du verdient?", fragt sie, wissend, dass solche Dialoge das eigentliche Highlight für diese Masochisten sind – mehr als die eigentlichen unvermeidlichen Schläge.

„Dass du mich züchtigst", entgegnet Mias Opfer.

„Das glaube ich auch", sagt Mia und setzt den ersten Hieb auf Arnolds Hintern, den er mit leichtem Aufstöhnen entgegennimmt.

Mia setzt einen weiteren Hieb, und dann noch einen.

„Draußen den großen Mann spielen – und hier um Schläge betteln. Das habe ich gerne."

Mia verliert ihre Rolle aus den Augen und schlägt immer fester zu. Viel zu fest.

„Hör auf", ruft Arnold, „das reicht."

Mia hört nicht auf.

„Ich denke, du stehst darauf? Was bist du für ein Waschlappen, dass dich das zum Heulen bringt?"

Mia schlägt jetzt wie von Sinnen auf Arnold ein. Die ganze Wut und Verzweiflung, die sich angestaut hat, lässt sie an ihm aus. Der dreht sich jetzt auf den Rücken, um seinen verstriemten Hintern aus der Schlaglinie zu bringen. Doch Mia schlägt immer weiter. Schlägt ihn mit der Gerte ins Gesicht. Arnold krümmt sich, doch er kann den Hieben nicht entweichen.

„Miss Mia!"

Eine Stimme durchdringt den Raum. Es ist Jefferson.

„Kommen Sie bitte, Miss Mia? Der Hausherr erwartet Sie."

Der Android scheint nicht besonders beeindruckt von dem Bild, das sich ihm geboten haben muss, als er unbemerkt ins Zimmer gekommen ist.

Mia lässt erschöpft die Gerte fallen. Arnold öffnet seine verkrümmte Position wieder und sieht seine Peinigerin mit zornigen Augen an.

„Das wirst du mir büßen, du Miststück", faucht er.

Mia geht weinend zu Jefferson an die Tür. Sie dreht sich noch einmal um und schreit, so laut sie nur kann: „Fick dich, du Wichser! Fick dich einfach selbst!"

Jefferson bringt Mia hinaus aus den Räumen der Kämpfer und geleitet sie in einen Raum, der wohl als eine Art Büro dienen soll. Ein massiver alter Schreibtisch aus Holz steht in der Mitte. An diesem sitzt Warlord Toska. Er ist nicht allein. Ihm gegenüber sitzt ... Cat!

Mia vergisst jegliche Zurückhaltung und stürmt auf ihre Freundin zu. Diese steht sofort vom Stuhl auf, und beide fallen sich in die Arme. Mia weint, als sie in Cats Armen liegt. Auch diese schluchzt laut.

„Wir haben nicht … Ich habe nicht aufgehört, nach dir zu suchen", sagt Cat mit erdrückter Stimme.

Mia würde Cat am liebsten für immer so festhalten, doch jetzt bringt sich Warlord Toska in die Szene ein. Für einen Moment hat Mia ihn tatsächlich vergessen.

„Ganz rührend", sagt er, „jetzt setz dich hin."

Mia setzt sich neben Cat auf den zweiten bereitstehenden Stuhl. Erst jetzt bemerkt sie, dass ihre Freundin ziemlich ramponiert aussieht. Sie hat ein blaues Auge und mehrere Schürfwunden im Gesicht.

„Was hast du mit ihr gemacht?", faucht sie in Toskas Richtung.

„Gemach, gemach", sagt dieser und hebt beschwichtigend die Hände, „ich habe damit nichts zu tun."

Cat legt eine Hand auf Mias Oberschenkel.

„Alles gut", flüstert sie und streichelt einmal über Mias Bein.

Toska ergreift das Wort und spricht zu Mia.

„Ich muss zugeben, dass mich der Mut deiner Truppe und ganz besonders dieser jungen Dame neben dir schwer beeindruckt. Nicht nur der Mut, auch die Tatsache, dass sie mich trotz meiner Tarntechnik ausfindig gemacht haben, imponiert mir. Deshalb

werde ich auf die gemachte Herausforderung
eingehen."

„Was für eine Herausforderung?", fragt Mia.

„Da sich die Damen bewusst sind, dass sie dich nicht
mit Gewalt aus meiner Festung retten können, haben
sie vorgeschlagen, ein Straßenrennen draußen in der
Wüste zu veranstalten. Sie glauben tatsächlich, dass sie
sich mit mir und meiner Technik messen können."

Mia versteht nicht. Sie sieht Cat an.

„Ein Rennen … und dann?"

„Du bist der Hauptpreis, Mia", sagt Cat.

„Wenn wir gewinnen, dürfen wir dich wieder
mitnehmen. Toska hat es zugesichert."

„Das habe ich", bestätigt Toska.

„Und wenn deine Weiber verlieren, dann bleibst du so
lange hier, bis meine Männer genug von dir haben.
Und danach … wirst du hingerichtet!"

Mia hatte gedacht, dass sie das Sonnenlicht nie
wiedersehen würde. Doch am nächsten Tag steht sie
wieder in der Wüste. Toska hat sie wie einen
ungehorsamen Hund angeleint – mit einer Kette aus
Stahl, an der er immer mal wieder zieht und sein

Hündchen zum Stolpern bringt. Nur um seine Macht zu demonstrieren, die er glaubt über Mia zu haben.

Mia weiß, dass dieses Rennen ihre letzte Hoffnung ist. So sehr sie es sich wünscht, dass es gut ausgehen wird, hat sie doch erhebliche Zweifel, wenn sie daran zurückdenkt, wie schnell sich einst der Wagen Toskas genährt hat, beim Angriff in der Wüste.

Die beiden Wagen stehen bereit. In Toskas Fahrzeug setzen sich zwei seiner Männer, die dieser selbst ausgewählt hat. Im gegnerischen Wagen sitzt Ruby am Steuer und Cat auf dem Beifahrersitz. Danielle und Moon sind auch anwesend, dürfen aber nicht teilnehmen und sich auch nicht Mia nähern. Sie werden von Toskas Männern hinter einer vorbereiteten Absperrung zurückgehalten. Kurz haben sich ihre Blicke getroffen und ihr auch zugezwinkert, doch Mia interessiert sich nur für den Wagen ... und für Cat.

Das Rennen wird mit einem ohrenbetäubenden Schuss aus einer Waffe eröffnet. Ein kreisrunder Feuerball saust in den Himmel, und sofort heulen die Motoren auf. Beide Wagen ziehen mit einer Staubwolke davon. Die Strecke, die zurückgelegt werden muss, beträgt sechzig Kilometer. Nach der Hälfte der Strecke sollen die Fahrer einen Gegenstand einsammeln, der vorher dort deponiert wurde, und zurückfahren. Das Auto, das mit dem Gegenstand, es handelt sich um einen alten aufpolierten Pokal, als Erstes zurückkommt, gewinnt – Mia.

Die beiden Wagen sind aus dem Sichtfeld der Zuschauer verschwunden. Mia zittert um ihr Leben, was Toska voller Genugtuung wahrnimmt. Wieder zieht er an der Stahlkette, und Mia fällt in den Staub.

„Mach dir keine Hoffnung, Bitch!", sagt Toska und lacht laut.

„Da kommen sie schon zurück. Zumindest einer von beiden. Wer das wohl sein mag?"

Mia steht auf und versucht, etwas zu erkennen. Angespannt wartet sie, bis das deutlich vorne liegende Auto in Sichtweite kommt. Als es so weit ist und sie es als Toskas Wagen erkennt, sackt sie zusammen.

Das Auto trifft mit einer Vollbremsung, die eine riesige Staubwolke aufwirbelt, am Ausgangspunkt ein. Toskas Männer steigen aus dem Wagen und halten triumphierend den Pokal hoch.

Schließlich trifft auch das Auto der Frauen ein. Ruby steigt aus und macht eine entschuldigende Geste in Mias Richtung.

„Das war es dann wohl, Bitch", sagt Toska zu Mia, die verzweifelt auf dem Boden sitzt und sich bereits wieder bei den widerlichen Männern in der Hölle wähnt.

Da heult plötzlich wieder ein Motor auf. Alle sind erschrocken, auch Mia. Es ist der Wagen der Frauen, und Mia erkennt noch, dass Cat jetzt am Steuer sitzt, als der Wagen direkt auf sie zufährt. Toska schafft es nicht, zu reagieren, und Cat rammt ihn mit dem Kotflügel des Wagens, als sie kurz vor Erreichen ihres Ziels scharf bremst.

Mia ist wie paralysiert, doch Cat hat die Beifahrertür aufgeworfen und brüllt Mia zu:

„Steig ein!"

Mia nimmt die Stahlkette in die Hand, die Toska hat fallen lassen. Dieser liegt am Boden, aber lebt noch. Als Mia ins Auto gesprungen ist, verpasst sie Toska noch einen Tritt ins Gesicht.

„Wer ist hier jetzt die Bitch?", brüllt sie und knallt die Tür zu.

Cat gibt Gas, drückt Mia einen festen Kuss auf die Wange und fragt:

„New Michigan?"

Entdecken Sie unser reichhaltiges Buchsortiment auf

www.AktivierungsCoach.de

Sehr geehrte Leserinnen und Leser,

stetig sind wir bemüht, Ihnen interessante und spannende Buchprojekte zu präsentieren. Dabei versuchen wir auch, Ihnen als freie Selfpublisher möglichst professionelle und unterhaltsame Texte anzubieten. Alle diese Texte werden mit großer Liebe und Hingabe erstellt und anschließend von einem professionellen Korrektor geprüft. Dennoch kann es vorkommen, dass sich der ein oder andere kleine Fehler trotz aller Sorgfalt eingeschlichen hat. Sollte dies der Fall sein, bitten wir, dies zu entschuldigen. Über eine kurze Info- bzw. Fehler-E-Mail würden wir uns freuen, sodass wir diesen Fehler zeitnah entfernen können.

Wir wünschen Ihnen weiter viel Vergnügen mit unseren Büchern und verbleiben mit freundlichen Grüßen

Denis Geier
Projektleiter

mail@aktivierungscoach.de

AktivierungsCoach.de